每個人心中，
都有一句正能量……

給親愛的

_____

願你心中，時常有滿滿的勇氣。

夏

── 勇氣

把困難踩在腳下，你才會站得更高。

MON	TUE	WED	THU

親愛的，面對這個世界……

FRI	SAT	SUN	MEMO

我們都需要勇氣⋯⋯

MON	TUE	WED	THU

從懸崖跳下，才能長出翅膀……

FRI	SAT	SUN	MEMO

把困難踩在腳下，你才會站得更高。

MONTH

MON	TUE	WED	THU

勇敢跨出那一步……

FRI	SAT	SUN	MEMO

學著去擁抱世界。

MONTH

MON	TUE	WED	THU

勇敢堅持下去……

FRI	SAT	SUN	MEMO

有時也要勇敢放手。

MON   TUE   WED   THU

樹的方向，風決定……

FRI	SAT	SUN	MEMO

人的方向，自己決定。

MONTH

MON	TUE	WED	THU

勇敢地承認……

FRI	SAT	SUN	MEMO

自己其實不夠勇敢。

MON	TUE	WED	THU

別害怕別人的眼光……

FRI	SAT	SUN	MEMO

勇敢為自己而活。

MON	TUE	WED	THU

你勇敢，世界就會為你讓路……

FRI	SAT	SUN	MEMO

你無懼，命運就會為你屈服。

MONTH

MON	TUE	WED	THU

想要的就去追求……

FRI	SAT	SUN	MEMO

心在哪裡，路就在哪裡。

MONTH

MON	TUE	WED	THU

勇敢做自己喜歡的事情……

FRI	SAT	SUN	MEMO

哪怕每天只做一點點。

MONTH

MON	TUE	WED	THU

年輕時，不要怕……

FRI	SAT	SUN	MEMO

年老時，不要悔。

MON	TUE	WED	THU

最大的失敗不是跌到……

FRI	SAT	SUN	MEMO

而是從來不敢奔跑。

MON	TUE	WED	THU

從懸崖跳下，才能長出翅膀……

FRI	SAT	SUN	MEMO

把困難踩在腳下，你才會站得更高。

沒有比人更高的山，沒有比腳更長的路……

沒有比信心和勇氣更大的障礙。

真正的勇敢不是無所畏懼……

而是雖然害怕，卻依然選擇面對。

心的道路即是勇氣的道路……

其實，你比自己想的更有力量。

親愛的，面對這個世界……

我們都需要勇氣……

從懸崖跳下，才能長出翅膀……

把困難踩在腳下，你才會站得更高。

勇敢跨出那一步……

學著去擁抱世界。

勇敢堅持下去……

有時也要勇敢放手。

樹的方向，風決定……

人的方向，自己決定。

勇敢地承認⋯⋯

自己其實不夠勇敢。

別害怕別人的眼光……

勇敢為自己而活。

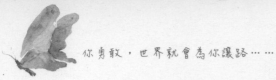

你勇敢，世界就會為你讓路……

你無懼，命運就會為你屈服。

想要的就去追求……

心在哪裡，路就在哪裡。

勇敢做自己喜歡的事情……

哪怕每天只做一點點。

年輕時，不要怕……

年老時，不要悔。

最大的失敗不是跌到……

而是從來不敢奔跑。

沒有比人更高的山，沒有比腳更長的路⋯⋯

沒有比信心和勇氣更大的障礙。

真正的勇敢不是無所畏懼……

而是雖然害怕，卻依然選擇面對。

心的道路即是勇氣的道路……

其實，你比自己想的更有力量。

沒有比人更高的山，沒有比腳更長的路……

沒有比信心和勇氣更大的障礙。

真正的勇敢不是無所畏懼……

而是雖然害怕，卻依然選擇面對。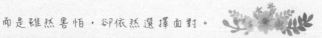

心的道路即是勇氣的道路……

其實，你比自己想的更有力量。

親愛的，面對這個世界……

我們都需要勇氣……

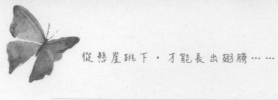

從懸崖跳下，才能長出翅膀……

把困難踩在腳下，你才會站得更高。

勇敢跨出那一步……

學著去擁抱世界。

勇敢堅持下去……

有時也要勇敢放手。

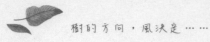

樹的方向，風決定……

人的方向，自己決定。

勇敢地承認……

自己其實不夠勇敢。

別害怕別人的眼光……

勇敢為自己而活。

你勇敢，世界就會為你讓路……

你無懼，命運就會為你屈服。

想要的就去追求……

心在哪裡，路就在哪裡。

勇敢做自己喜歡的事情……

哪怕每天只做一點點。

年輕時，不要怕……

年老時，不要悔。

親愛的，面對這個世界……

我們都需要勇氣……

從懸崖跳下，才能長出翅膀……

把困難踩在腳下，你才會站得更高。

勇敢跨出那一步……

學著去擁抱世界。

勇敢堅持下去……

有時也要勇敢放手。

樹的方向，風決定……

人的方向，自己決定。

勇敢地承認……

自己其實不夠勇敢。

別害怕別人的眼光⋯⋯

勇敢為自己而活。

你勇敢，世界就會為你讓路……

你無懼，命運就會為你屈服。

想要的就去追求……

心在哪裡，路就在哪裡。

勇敢做自己喜歡的事情……

哪怕每天只做一點點。

年輕時，不要怕……

年老時，不要悔。

最大的失敗不是跌到……

而是從來不敢弄跑。

没有比人更高的山，没有比脚更长的路……

沒有比信心和勇氣更大的障礙。

真正的勇敢不是無所畏懼……

而是雖然害怕，卻依然選擇面對。

心的道路即是勇氣的道路……

其實，你比自己想的更有力量。

親愛的，面對這個世界……

我們都需要勇氣……

從懸崖跳下，才能長出翅膀⋯⋯

把困難踩在腳下，你才會站得更高。

勇敢跨出那一步……

學著去擁抱世界。

勇敢堅持下去……

有時也要勇敢放手。

樹的方向，風決定……

人的方向，自己決定。

勇敢地承認……

自己其實不夠勇敢。

別害怕別人的眼光……

勇敢為自己而活。

你勇敢，世界就會為你讓路……

你無懼，命運就會為你屈服。

想要的就去追求……

心在哪裡，路就在哪裡。

勇敢做自己喜歡的事情……

哪怕每天只做一點點。

年輕時，不要怕……

年毛時，不要悔。

最大的失敗不是跌到……

而是從來不敢奔跑。

沒有比人更高的山，沒有比腳更長的路⋯⋯

沒有比信心和勇氣更大的障礙。

真正的勇敢不是無所畏懼……

而是雖然害怕，卻依然選擇面對。

心的道路即是勇氣的道路……

其實，你比自己想的更有力量。

親愛的，面對這個世界⋯⋯

我們都需要勇氣……

從懸崖跳下，才能長出翅膀……

把困難踩在腳下，你才會站得更高。

樂筆記 2

夏：勇氣

作　　　　者 ／	陳辭修
總　編　輯 ／	何南輝
責　任　編　輯 ／	謝容之
行　銷　企　劃 ／	黃文秀
封　面　設　計 ／	張一心
內　頁　構　成 ／	上承文化

出　　　　版 ／	樂果文化事業有限公司
讀者服務專線 ／	（02）2795-3656
劃　撥　帳　號 ／	50118837 號　樂果文化事業有限公司
印　　刷　　廠 ／	卡樂彩色製版印刷有限公司
總　經　銷 ／	紅螞蟻圖書有限公司
地　　　　址 ／	台北市內湖區舊宗路二段 121 巷 19 號（紅螞蟻資訊大樓）
	電話：（02）2795-3656
	傳真：（02）2795-4100

2017 年 1 月第一版　定價／ 160 元　ISBN 978-986-93384-8-6
※ 本書如有缺頁、破損、裝訂錯誤，請寄回本公司調換
版權所有，翻印必究 Printed in Taiwan.